KB006439

글나무 시선 18

산수유는 하늘을 물들이고

글나무 시선 18
산수유는 하늘을 물들이고

저　자 | 김춘만
발행자 | 오혜정
펴낸곳 | 글나무
주　소 | 서울시 은평구 진관2로 12, 912호(메이플카운티2차)
전　화 | 02)2272-6006
e-mail | wordtree@hanmail.net
등　록 | 1988년 9월 9일(제301-1988-095)

2024년 9월 25일 초판 인쇄 · 발행

ISBN 979-11-93913-11-6 03810

값 10,000원

이 책은 강원 특별자치도 강원특별자치도, 강원문화재단 강원문화재단 후원으로 발간되었습니다.

산수유는 하늘을 물들이고

김춘만 시집

| 시인의 말

즐거운 다짐

이번 시집에서 더러 내 곁을 떠나는 사람들 얘기나 건강에 관한 글이 보인다. 자연에 관한 시편들도 많다. 칠월에 윤홍렬 선생님 10주기 추모제를 치르면서 '갈뫼' 초창기 동인들을 떠올려보니 참으로 감회가 깊어졌다. '갈뫼' 동인회가 내 문학의 울타리였으니 힘이 닿는 날까지는 새로운 동인들과의 활동도 열심히 해야겠다고 다짐해 본다. 열심히 창작 활동을 하는 시인들이 시집을 보내올 때마다 빚을 진 느낌이었는데 이제야 빚을 갚는 기분이다.

새로 시작한 일이 지질해설사라 자연과 더불어 지내는 시간이 많아졌다. 자연을 건성으로 대할 때와 의미를 두고 가까이서 오래 바라볼 때와는 확연히 다른 마음이라 오래 이 일을 해야겠다고 다짐해 본다. 내 힘으로 걸어 다니면서 내 눈으로 본 것을 쓸 수 있음은 축복이다. 내친김에 다음 시집은 뜸 들이지 않고 낼 수 있도록 해볼까? 이런 다짐은 생각만으로도 즐거워진다.

2024. 08. 김춘만

차례

2. 인공 고관절

차례

차례

1

죽순의 노래

거세미 이빨

무심한 땅도 이빨을 키웁니다
콩밭에 나가니 거세미란 놈이
여린 콩 순을 모조리 씹어 놓았습니다

나도 이빨 하나 솟구칩니다
어떤 날은 무도 씹을 수 없는 여린 놈이 돋아나고
어떤 날은 날카롭고 단단한 이빨이 기어 나옵니다

이빨로 씹을 수 없는 몇 마디 말이
자꾸 입안에서 돌고 돌아 녹아내립니다
물이 된 말들이 종일 꾸르륵거립니다

돌덩이를 씹어 대는 이빨도
풀잎에서는 풀잎을 씹고
돌 위에서는 돌을 씹습니다

세상에는 무수한 이빨이 살아갑니다
콩대를 밀어 올려 콩잎을 펼쳐야 할
저 부드러운 콩 순을 한순간 절단 내는
거세미 이빨과도 어울려 삽니다.

방풍나물

하얗다는 것은 얼마나
가슴을 뛰게 했던가?
흰 모래밭에 뿌리를 박고
파도 소리와 바람 속에서 살아내던
바람막이 나물

그 너른 가슴에 깊숙이 자리 잡고
이리저리 억센 이파리로 층을 만들더니
한여름 정수리에 눈부신 흰 꽃 올렸다

마음만 먹으면 만나던 바다 처녀의 꽃
나물 무침으로 잎이 뜯기고
약용으로 뿌리 파헤쳐지기까지
거름 한 줌 없이도 풋풋한 마음 나누던 일

모두 사라졌는가 했는데
반짝거리는 모래밭 위
푸릇푸릇한 활자로 사연 적어내고 있다

해안 철책 너머로 수줍게 얼굴 내민
너를 바라보는 이 있으니
정수리에 다시 흰 꽃 올리면
그 사람 가슴 뛰며 찾아올 것만 같다.

목수 아버지

참 순하게도 생겼다
평생 화 한번 안 내고 살아왔음 직한
모나지 않은 저 얼굴
금방 잔 깬 듯 싱싱하기도 해라

웅크린 황소의 빈틈없는 자세
저렇게 틀을 잡고 앉아 있으니
누가 감히 건들기나 하겠나

그런 주춧돌 놓고
그 위에 기둥 세워 집 지었던
목수 아버지

저렇게도 날을 세우는구나
몸통은 분칠하듯 도닥여주고
가지런한 날 끝은 한 줄의 무명실이네
먹줄 친 대들보 옹이 다듬던
큰 자귀질의 부드럽고 맑은 소리

닿으면 미끄러지듯
거침없이 나무 밥 일으키던 대패질이라니
매끈한 서까래 올려 비 막고 바람 막아
날 키우신 아버지.

세모거나 네모거나

세모를 묻었더니
모두 삭았다
네모를 묻었더니
그것도 삭았다

세모진 마음을 풀면
한 개의 선
네모진 마음도 그렇다

그러나 한 개의 점은 완강하다

그것을 가슴에 담으면
삭지도 않고
풀어지지도 못한다

오늘도 우린
세모거나 네모거나
그런 얘기로 두런두런 거리고 있다

이산의 죄

굳어진 점 가슴속에 굴리며

애태우는 사람들과도

그런 얘기 나누며 어울려 살고 있다.

꿈틀거리는 길

꿈틀거리는 길
수십 번 탈바꿈하며
주변을 맴돌고 있다

이 언덕에서 저 언덕까지
바라보면 그리 멀지 않은 거리

마음 흐려지면 보이지 않다가
구름 몇 점 걷히면 환하게 드러난다

누구는 발바닥 간지럽다 하고
누구는 발목 푹푹 빠져 헤맨다는 길

싱싱한 이파리의 가로수가
이야기를 건네고
가끔은 당신이 두 손 내밀어 주는

꿈틀, 꿈틀거리는 길.

나비약국

나비약국으로
아픈 다리들 몰려온다
덜거덕거리는 소리다

장정의 짐 이고 다니던
저 든든했던 다리들의
날아다니고 싶은 소리

한 달 치 처방전을 들고
앞서거니 뒤서거니 모여들어
아팠던 마음들 쏟아 낸다

어딘들 못 날아다니리
한바탕 웃고 나니 가벼워졌다
저마다 익숙한 약봉지를 찾아서
내려온 순서대로 올라간다

이런저런 약 냄새와
잘 차려입은 나비들이 날아오른다.

핸들만을 위하여

노후 된 차체 떼어 놓고
신경 쓸 화물도 없이
가볍게 핸들만 잡고 간다

속도위반에도 걸리지 않는 길
휴게소 들릴 일도 없는 이 길을
쉽게도 간다

후박나무 위에서
바쁘지 않은 경적인 양
느린 새 소리가 들렸다

줄기차게 몰고 다니던 큼직한 화물차
그런 모양의 꽃구름이
앞서거니 뒤서거니

환한 대낮
바람으로 돌아가 들국화로 피어날 당신
가고 싶은 곳으로 가시는구나
가벼운 핸들만을 잡고.

튤립

지난가을 땅속에 묻었던
알뿌리 몇 개 환하게 깨어났다
황사 뿌리고 지나간 사월에
붉고 노란 입을 모조리 열었다

선거 유세차가 지나간다
확성기 모조리 열고
요즘 유행 가락을 뿌려 놓는다
저것도 붉고 노란
튤립 꽃잎이구나.

혼자 국수를 삶으며

아내도 아이들도
별로로 치는 국수를
대낮에 혼자 삶는다

두어 번 팔팔 끓여서 찬물에 넣는다

잔칫날 온 동네가 둘러앉아 먹던 국수
생일날 온 식구 두레 반에서 먹던 국수를
혼자서 건진다

흐느적거리던 생각의 올들이
여남은 개씩 주르륵 건져지고
끊어지지 않은 면발들은
일제히 고개를 든다

국숫발은 차가운 물 속에서
두어 번 곤두박질치더니
조금 더 질기고 긴
생각의 올들로 타래를 짓는다

아무도 모르는 이 시간에
혼자 대하는 한 그릇의 그리움
면발처럼 가늘고 긴
구수하고 질긴 날들을
후루룩거린다.

죽순의 노래

죽순 돋는 거
이게 노래다
이리저리 땅속에서 솟구치는
크고 작은 힘들의 불끈거림
금방이라도 펼치면 날아오를 잎사귀들은
드르륵 감겨 있는 소리다

몇 걸음 뒤에서 둘러싼 대숲에선
좋은 바람 소리가 들리고
묵밭으로 은밀하게 뻗어 낸 생각들이
소리로 여물고 있다

하늘 쪽으로 귀 대고 있는 사람아
오늘은 대숲이 키우는
여린 속내를 적어 보자

얽힌 속사정이야 누군들 없을까
이리저리 불쑥거리다가
오로지 그대 가슴을 관통하고

이 한해 몽땅 힘쓰고 잘려 나갈

한 줄기 속마음을 노래하자.

논두렁 길

우린 약관을 갓 넘긴
팔팔한 면서기였다

마을에 나가
퇴비 증산 독려하다가
해가 뉘엿거릴 때
노을 지는 제방 둑을 걸었다

시 쓰는 고 시인과는 그렇게 만났다
얼굴에 밭고랑 만들며
살아가는 사람들 얘기했다

논두렁길은 제방 둑을 지나
시멘트 길로 이어졌고
신작로는 빠르게 도시로 달려갔다
길을 보면 가고 싶을 때였다

머리 허연 그가 와서
면서기 때 다니던 마을로 갔다

우린 은퇴를 했고
막국수 집에서 막걸리 한잔하기엔
시간이 넉넉했다
별 얘길 나눈 건 아니었지만
찬찬히 보니 그의 얼굴에선
감실거리며 논두렁길이 살아났다

논두렁은 작은 숲길과도 통하기도 한다

무얼 그리워하기에도 괜찮은 시간
서로의 얼굴에 노을이 들기 시작했다
기분 좋은 술기운이리라.

친구네 집

꽃나무 심고 마당에 잔디 키우던
반듯하게 지붕 올린
친구네 집

지붕 밑으로
주렁주렁 반짝이 등 달고
지금은 민박집 영업 중

이 사람 자고 가고
저 사람 머물다 가는데
집 팔고 떠난 친구는
무얼 하고 사는지

봄꽃 무더기로 피었다 지고
아카시아꽃 쏟아지는 밤

반짝이 등 혼자 깜박거리는
빈집 한번 둘러보았다.

떠다니는 집

하늘과 마주 보는 숨구멍 뚫어 놓고
비스듬히 누워 있는 모습이라니
드나드는 문은 어찌나 낮은지
허리를 굽혀야 마음을 전하네

비는 내리는데 지붕은 열려 있어
행여 젖을까 걱정했는데
뽀송뽀송한 그리움 모락모락 피워 올리며
떠다니는 집

언젠가 비워 주어야 할
무거운 집 한 채 내려다보며
어찌 보면 웃고 있고
어찌 보면 울고 있는 집.

엄마 꽃

늘 그렇게들 불렀다
서울 사는 큰 처형도
그렇게 불렀다

나이 들면 팔도 처지는가
땅바닥까지 내린 가지에서
무더기로 꽃망울이 맺혔다

한 삼십 년 같이 살았으니
그 속을 모르랴
장모님 아끼시던 목단꽃
마당에서 붉게 웃는다

찬찬히 보면 묵은 가지 속에서
새 가지 나오고
작년에는 돌아앉아 한쪽만 피워대더니

사방 둘러보며
환하게 손짓하는 붉디붉은 엄마 꽃
바라보는 아내도 붉다.

가을

아픔은 꽃에 스며라
그리움은 잎에 물들라

꽃 보면 아릿하고
잎 보면 눈물 난다

세상에 꽃 아닌 게 어디 있으리
지지 않는 잎 어디 있으랴

사방이 따스하니
이 볕도 꽃이리.

살구씨

단맛 빼고 신맛 빼고
살구씨 모아
베개를 만들었다

사그락거리는 알맹이에
머리를 대니
정신이 번쩍 들었다

신맛 단맛에 물든 날에
붉디붉은 소리로 박힌
씨알 하나의 힘

어둠 속에서도 묻히지 않는
그리움을 만지작거리며
푸른 잠을 청한다.

송지호 둘레길

두백산 기운 스멀스멀거리는 걸
발바닥으로 느끼면
걷기 편하다

솔숲 사이를 비집고 들어오는
바다 냄새는 안개비로 맞는다
낯설지 않다

재첩과 붕어의 근황을
수초가 알려 준다
스스럼없이 말을 거는 초병들

철새의 눈으로 처음인 듯
하늘을 본다
가슴 시원해지고 눈이 맑아진다

십여 리 짭조름한 이 길
항상 따뜻하다.

나무의 발길

그것이 벼랑길이라는 걸
아니면 한 줄 바람이란 걸
그가 걸어간 뒤 알았네

나무를 바라보면
연하고 연한 새 눈이 열리고
나무를 안은 가슴으로
수만 개 수관으로 통하던 시인의 DNA

나무를 끌어안고
나는 나무다 나무는 나다
그렇게 속삭이고 속삭이다가
물오르는 봄날
한마디 말도 없이 나무 곁으로 걸어간 그

저 많은 나무 속 어디쯤 서 있기나 한지
나무속으로 드나들던 발길
그를 찾아오던 나무들의 발길
차마 바라보지 못하고 벼랑길에서 맞는

한 줄 바람

문득 코끝에 걸리는
'아흔아홉의 손을 가진 사월'*의 향기에
가슴 저리다.
시인의 나무는 이렇게
내 곁에 서 있구나.

* 박명자 시인의 《현대문학》 등단 작품

싸라기 눈물

아침에 뉴스를 보던 아내가
나이가 들수록
물을 많이 먹어야 한다고 했다

내가 물을 적게 먹는 건
눈물을 흘리지 않기 때문이다

가슴 찌릿한 감동으로
펑펑 울어 줘야
물도 한 대접씩 먹어대는데

요즘은 별로 울 일이 없다
꽃이 피고 새가 울어도
그렇다

치장하고 선 당신이
거울 앞에서 바람을 일으켜도
그저 그렇다

그렇다고 그냥 지나칠 일만은 아니다

흐르지 않는
싸라기 눈물을 밤새 쌓아 놓고
아침엔 누가 볼까
대빗자루로 쓸어 내는
그런 사람도 있다.

벌레의 말

잎이 부드러워서인가
꽃이 향기로워서인가
벌레 앉은 나뭇잎이
몸살이 났다

찬찬히 보면
나뭇잎 위의 벌레도

몸을 흔들어댈 수도
손을 짚고 넘나들 수도 없어
삼보일배 고행을 한다

갉아먹은 반쪽의 이파리가
그럴듯한 형상이 되자
벌레는 온 힘을 다해
뭔가를 토해 내려 한다

벌레의 눈으로
바라보지 못하니
하려는 말을 들을 수는 없다.

2

인공 고관절

발진

살갗이 부풀어 올랐다
눈 밑에 소(沼)가 생기고
푸른 물고기 모였다

부푼 살점 살짝 터지자
눈물도 고였다

살갗 밑으로는
소리 나지 않는 물이 흘렀다

가슴 휘젓고
바람으로 빠져나간 돌을 보다가
아쉽게 놓친 사람 하나 찾는다

오름 위로 오르다
고개 들어 올려다보니
천지가 노을이다

이 땅은
지금 전신 발진 중이다.

냉이꽃

냉이꽃 한창이다
농사지을 사람 없으니
노는 땅 지천이고
묵밭 된다고 부탁해도
이젠 힘에 부친다고
몇몇 노인들 손사래 친다

우리네 농토가 이리될 줄이야
아버지는 한 뙈기밭을 얻으려고
술 사고 밥 샀다

중턱 비탈진 밭은
묵힌 지 오래고
그 아래 다락논도
잡목만 무성하다

드나들기 만만한 곳
김장밭 한 두럭이나마
밭 갈고 고랑 내려니

기계가 들어서야 한다

밭 갈 소는 찾을 수 없고
소 같은 장정들은 없다

망종까지는 씨를 넣어야 한다지만
이것도 괜찮다
냉이가 꽃을 피워
온 밭이 시리도록 하얗다.

무섭지 않은 집

아이들이 괜스레 무섭다고
멀리 돌아서 가던 그 집
이제는 낡고 헐었다

그 아이들 늙어
더러는 영구차 신세 지며 떠나는데
저 집 속의 울긋불긋
상여는 못 본 지 오래다

한 분 두 분
마을 어른 돌아가실 때
더러는 꽃상여 만들어
수십 장 만장을 휘날리기도 했다

마을 외진 곳 상여 움막
그 속의 상여 틀이
곱게 삭는다

누구도 무서워하지 않는 집

그 속에 갇혀 있을
울긋불긋 색깔의 얘기들
하나둘 삭아 내리는 집

둥둥 북소리로 떴다
둥실둥실 구름으로 흘렀다.

살구

살구 먹어 보라고
아흔아홉 살 우물 집 할머니
한 바가지 가지고 왔다

어머니는 십수 년 전
망초꽃 걸어가는 길옆으로
가셨는데
친구분은 아직도 정정하시다

찬찬히 보니 같은 것이 없다
물렁하니 갈라지면서도
속살 보일까 입을 다물고 있고
덜 익은 놈은
푸르뎅뎅하니 성깔을 내고 있다

드문드문 검버섯 아래
신맛 숨기고 단맛 감추고
한번 골라 보라고
내미는 얼굴들

난데없이

살구가 장난치나?

연습

내 몸에서 나를
나오게 하여
걷게 하고 말하게 한다

내 몸에서 나온 나를
오늘에서 어제로
어제에서 그제로
걸어가게 한다

이제 눈에 잡힐 듯
선명해진 나를
내일로 걸어가게 한다

오늘 똑바로
서고 싶은 자의 연습이다.

오음산

산 아래 다섯 동네
닭이 회 치는 소리 개 짖는 소리
소 울음소리를
웃는 얼굴로 들어 주기

산을 오르는 사람의 가쁜 숨소리
내려가는 사람의 손바람 소리
이런저런 푸념도 담아 주기

사실은
그 산 앞에 서서
뜨겁게 달아 있는 돌기둥들
무더기로 쌓아 놓고 사는 속내에
내 돌기둥 하나 얹혀 놓고 오기.

서점 여행자의 노트

대숲에서는
진열장들이 키를 키운다
신간 발매 팻말 앞에
돌돌 감겨 있던 죽순의 페이지가
작자 미상의 시리즈를 펼쳐 내고 있다

앞에 내놓은 백과사전 한 권
바람이 뒤적거리다가
오늘도 몇 쪽의 부록으로 풀꽃을 올렸다

대리석으로 만든 저자 표지판 뒤
너의 할아버지가 남기신 여행기와
너의 할머니가 쓴 자서전이 오늘의 추천 도서
눈을 감아야 한 줄 읽힌다

댓잎 날개를 단 딸아이는
나비의 눈빛 렌즈로 녹화 중이다
들판에서는 쉬어라
접은 날개 위에는 이슬도 앉으리

초판본 단 한 권만을 진열한 서점
커피는 무한 주어지는 곳
누군가 가슴 울컥 책장을 넘기고 있을
그쯤에서 만나자.

할 말이 없다

아버지는 평생 나에게
이래라저래라 한마디 말씀 없었다
나도 너에게 할 말이 없다

아들 넷 낳아 하나 남은 나에게
어머니도 어떻게 살라 하지 않았다
나도 너에게 어떻게 살라 하지 못한다

생각해 보니 고비마다
아버지가 힘이었는데
내가 그런 힘 될까 생각하니
또 할 말 없다

말은 할수록 벽이 되고
벽은 서로를 가로막고 서 있는 거
그저 낮은 벽 위에 핀
자그마한 꽃향기 한 줌 보내 주는 거
그거면 된다

그래서 또
너에게 할 말이 없다.

백 세 동안

우물집 어머니
백 세 생신날
술 한 잔 따르고
손잡아 드렸다

사촌이 왔구나
이웃집에서 왔다는 말씀이다

자네 엄마가 어른이지
하늘 가서 기다리는 두 살 아래 친구도
챙겨 주신다

꽃 저고리 곱게 입고
환하게 웃는 백 세 동안
어찌 저리도 정신 맑고 정정하실까

백 세 생신 축하드립니다

일어서는 나에게

정색하며 툭 던지는 말씀
내가 백 살이라고?

잊고 사시는구나
시시한 나이쯤
까맣게 버리고 사시는구나

나이 지워지니
그저 세 살배기 동안.

공현진 김 씨네

남쪽 어느 산골 마을이라는데
열여섯에 가출해서
평생을 공현진에서 사시다가
양지바른 곳으로 가신 아버지

남긴 씨앗으로
딸 셋 아들 하나
사는 곳도 따로따로인데
공현진 김 씨네로 빠르게 통한다

흰 머리의 첫째가
잘 피운 백합꽃 한 포기 돌리니
막내는 먹던 밥상도 올리고
둘째는 산책길 풍경을 보탠다

두레반에 둘러앉아
한참을 재잘대다가
하나둘 나가 버린 단톡방

깃털도 없이 참 멀리도 날아갔다
공현진 김 씨네.

가고 싶을 때 가시라

아침에 집사람이
큰 언니가 고향에서 살고 싶어하신다 했다
늘 듣던 말이었지만
기분이 달랐다

그쪽 살림 대충 정리되면
언젠가는 올 거라더니
그 살림은 정리될 수 없었다

몸에 병이 들어앉아
이제는 떠날 수 없다
병원에서도 허락지 않는다

가고 싶은 곳 가지 못하는 아쉬움보다
떠날 수 있을 때 떠나지 못한 후회에
칠순의 언니는 목소리를 떤다

북쪽 고향 평생 그립다 사시던
일 세대 부모님도 그렇게 떠나셨는데

착하게만 살던 실향민 이 세대
그 첫째 따님의 고향도 그토록 멀었구나

떠나고 싶을 때 떠나라
단단히 묶여 있는 사람아
한 번은 가고 싶을 때 가시라.

들숨 날숨

눕다 앉다 서다
서다 앉다 눕다
한 해 두어 번 하고 나서야 알았다

누워 있을 때 앉을 수 있길 바라거나
서서 다닐 때 누워 지낼 수 있음을 염려하는 거

언제나 숨쉬기와 같다는 걸

오장육부의 통로를
혼란케 하던
혹 하나 떼어낼 때의 심정이
날숨이라면
낯선 인공 고관절 하나
어렵사리 들여앉히는 마음은
들숨

허세나 외면의 치장은
날개를 달고 날아가고

들숨과 날숨으로 엮인
육신의 무명천 한 자락
바람에 펄럭거린다.

인공 고관절

이빨 하나도 새로 심지 않았었는데
큼직한 고관절 하나
들여앉혔다

찬찬히 보지도 못한 채
기술자들의 소개만 믿고
이 낯선 분신을 맞이했다

그저 나이 들면 골절 조심하라고
되지도 않게 되뇌던 내가
이렇게 될 수 있다고
광고하듯 치환 수술을 했다

하루 전후로
내 몸뚱이 가격은 반토막 났고
그 하루 전과 하루 후
내 행동반경의 변곡점을 찍게 한 뼈

어쩌다가 쯤의 염려까지는

끼워 받겠는데
평생 동반의 약속을 받고
야반도주는 절대 불가 항목 넣어
위아래 봉인 찍어
아주 깊숙이 밀어 넣었다.

코로나19

— 목단꽃

만나지 말라
손잡지 말라
말도 섞지 말라

가지 못합니다
올 생각도 말아요

방송과 신문이 뿜어낸
감염률 백 퍼센트
비말들로 가득한 세상

요양병원에서
올 수도 갈 수도 없는
당신의 눈빛은

바이러스와 싸우는
세상의 모든 사람에게 힘이 되기 위해

저만큼

사회적 거리를 두고
붉게 타오르는

한 그루의 목단꽃.

스물

움츠림 풀고
고개를 들고
꼬리를 흔들며 날아다닐
음표들의 싱싱한 날갯짓
한 번은 풀어질 노래가
당신 마음에
돌돌 드르륵 감겨 있다는 건
얼마나 신나는 일인가.

반쯤의 세상 너머

예전의 반쯤만 걸어라
그쯤에서
그 너머 세상 그려라

누군들 단번에 끝까지 다다를까
진작 이런 걸 알았다면
훨씬 전 멈춤도 익혔으리

눈으로만 가고
생각만으로 그려지는 곳
그런 세상 알아챘다면
나무 심고 꽃 가꿨으리

오늘도 반쯤만 걸어라
이쯤에서 환하게
당신 하나 그려 놓고

석양의 빛깔로
물들게 하리.

돌부리

아내여, 돌부리에 채였다고
탓하지 말라

몸체는 산짐승이었고
무늬석 비단이었을 때
두 손 모으고 빌고 가던 사람들

용맹스러운 눈썹 하나둘 빠져나가고
무늬는 절리로 갈라지더니
몸뚱이는 주먹만 하게 됐다네

둘러보면 사방이 돌부리들
공룡도 비켜 다녔다고
몽돌 하나도 소리치고 있는데

집안 구석에 숨죽이고 사는
힘 빠진 돌부리 하나에
행여 채였다고
하루의 재수를 말하지 말라.

문어면 된다

한 가족 둘러앉아
잔치 벌이기엔
문어 한 마리면 된다

깊은 바닷속에서
여덟 발가락으로 휘젓던 힘이
밥상 위 가득 넘친다

작은 틈새도
집으로 만드는 유연함과
풍랑에도 흔들리지 않는
빨판의 끈질김이라니

궁하면 제 다리도 잘라 먹고
쫓아오면 먹물 쏘아 대던
끈적끈적한 천성

공현진 김 씨네 밥상 위
올라앉은 문어
너 한 마리면 된다.

옥수수

아내는 옥수수만 보면
아버지가 생각난다 한다

알맞게 여문
뽀얗고 찰진 옥수수

소쿠리에 가득 지고 와
환하게 웃던 아버지

한 자리에서 몇 개씩 먹던 아내는
첫 손자를 낳아 보답했는데
이듬해도 아버지의 옥수수 농사는
멈추지 않았다

해 질 녘 옥수수밭을 지나가는데
싱싱한 이파리에
둘둘 감겨 있거나
얇은 속잎 속에서 익어 가던
찰진 이야기가

두런두런 들려오고 있었다

저쪽에 가서도
옥수수 가꾸실 아버지
무슨 일 벌이시는가?
하늘이 점차 붉게 익어간다.

오징어

십여 년 만에 오징어가 났다
오징어는 끝인가 했는데
코로나로 난리 한창일 때
무리 지어 돌아왔다

오징어를 밥처럼 먹었다
그것으로 학비를 만들어 주던
아버지는 밤샘 뱃멀미하다가
새벽에야 들어왔다

고추장에 버무려
한 사발씩 먹어대면
가슴이 벌겋게 달아오르며
기운이 났다

모두가 바이러스 때문에
꼼짝 못 하고 있을 때
바닷속 휘젓고 다니던
오징어가 돌아왔다.

3

싱겁다와 심심하다 사이

걷기

딸내미가 걷자고 한다
자기는 서울서 걷고
나는 공현진에서 걷는다

스마트폰으로 공유하니
서로의 발걸음 수를 알 수 있다

푸릇푸릇한 기운이 통한다

아버지는 늘 천천히 걸으라 했다
어머니는 머리에 짐을 이고도
내 손을 잡았다

누군가와 같이 걷는 거
가슴을 따뜻하게 데워 놓는 일이다.

설악 단풍

곱다
신혼 때 담아 온 설악 단풍
매년 피고 지는데
마냥 곱다

뜨겁다
비선대 물들 때
내 가슴에 물든 날들
같이 뜨겁다

본다
붉은빛 세상으로 가는 길
당신은 저쪽에서
나는 이쪽에서
마주 본다.

설악 바위

바위가 꽃이다
산마다 피워 낸 꽃들이
흐드러지게 피어 있다
울산바위 꽃
매바위 꽃
저 멀리 공룡 꽃도 피었다
짙은 향 날리며
알록달록한 꽃잎들
무수히 나부낀다
세상에 하나뿐인 꽃이
매일 피고 있다.

이충희 누님

함께 한 사십삼 년
크게 말하지 않고
화려한 몸짓도 없이
그저 은은한 향기의 백작약

강릉에서
삼척에서
가깝지만 않은 거리
웬만하면 쉴 만도 했건만
갈뫼를 만나는 날마다
거르지 않던 발길

늘 힘내라 손잡아 주고
따뜻한 밥 잘 챙겨 주던
큰 누님

마곡사 오르는 길
젊은 시인들에게 어깨 맡기고
느릿느릿 걸어가던 모습

군더더기 하나 없던
한 편의 시

사흘 뒤면 신축 설날인데
무어 그리 바쁘다고
그 먼 길 재촉하셨는가?

평생 산사 좋아하셨으니
그쯤에서 만나리
갈뫼산 깊숙한 곳
지지 않는 꽃으로
환하게 피어나시라.

* 2021. 02. 09 시인 이충희 잠드시다.

해님 도둑

마을에 CCTV가 달렸다
처음엔 겁이 나 주자고
모형을 달더니
요즘은 진짜를 단다

사람들도 드문드문 사는 곳에
이유야 어쨌거나
이 집에서 다니
저 집도 달았다

장 단지에 장이 줄어든다고
할머니 댁도 달았다

지나가던 사람이
누가 그걸 손대겠냐고
한여름 땡볕을 손가락질했다

사람들이 손가락질하던
감시 카메라가 돌아가던

해님 도둑은 잰걸음으로

서산을 넘는다.

미역

누이들에게 미역을 보낸다
공현진 얕은 갓 바다에서
손으로 뜯은 햇미역을
석단씩 보낸다

누님은 미역 줄거리 무침을 좋아하고
두 동생은 생미역 쌈밥을 좋아하니
내일은 밥상 놓고
환하게 웃으리라

미역이 대접받던 시절
그게 농사고 식량이었다
부모님들은 봄 한 철
미역 배에 매달렸고
우리 남매들은 모래밭에서
미역 올과 같이 뒹굴었다

종일 미역 붙이기에도
허리 하나 안 아프다던 어머니

마른미역 단을 쌓아 놓고
그냥 배부르다 웃던 아버지

누구네 집을 찾아다니며
펄럭거리는 미역발 사이로
넘실넘실 바다만큼 차오를까.

꼬임과 매듭

꼬이므로 단단해지고
매듭으로 풀리지 않는다

만남도 그렇다
수십 년 같이한 날들
수만 번 꼬아진 오라기들
행여 손바닥에서 부서져 버릴까?
간간이 짚 오라기 물로 축이며
밤샘 꼬아댄 새끼줄이 한 타래

이런저런 연으로 꼬아댄 줄
가늘었다가 굵어지길 여러 번
투박스럽다 탓하진 말자

꼬임과 매듭으로 하나 된 사람아.

코뚜레 선물

신축년 선물로
코뚜레 받았다

부엌과 통하게
외양간 늘리고
송아지 한 마리 들여놓으면
온 가족 웃던 시절

늦도록 풀 뜯기고 꼴 베고
쇠여물 끓였다

소만큼 힘써라
소만큼 걸어라

이런저런 말도 없이
코뚜레 하나 벽에 걸었다.

눈길

나무는
따뜻한 쪽으로
가지를 키우고
나는
가지 못하는 쪽으로
마음을 기운다.

빗자루

누님이 보내 준
댑싸리 빗자루로
마당을 쓸었다

우리 남매들
옹기종기 놀던 마당
환하게 쓸었다

어찌나 잘 쓸리는지
아버지 계신
하늘도 말끔하다.

친자 확인

어미는 자식을 낳고도
어미로 호적에 오르지 못했다

첫째를 그랬고
둘째 때도 그랬다

육십이 된 셋째 아들은
한이나 풀자고
친자 확인 소송을 냈고
어미와 아들은 유전자 검사를 했다

돌배나무에서 돌배 달리고
단감나무에선 단감 열리면 됐지
그깟 확인서가 뭐가 대단하냐며

이름 석 자 올리지 못하고
넷째도 낳고 막내도 낳았던
어미는 그저 담담하다

세상에는 이런저런 사연들 있고
평생을 함께 산 어미 아들이
친자 확인 하는 일도 있다.

시월 하늘

시월 한 달을
선물로 받고 싶다던 당신

드리고 싶었습니다
간절히 바라던
이 푸르디푸른 날들
보라색 보자기에 곱게 담아
안겨드리고 싶었습니다

바늘 끝 초침이
가슴 찌르며 뛰어다니던 날
갈바리 병원 남쪽 창가에서
한 벌의 옷
혼자 챙기던 당신

시월의 한 달이
한 올 한 올 풀리다가
몇 가닥
푸르디푸른 계단이 되어

하늘로 이어졌습니다

하늘과 당신을 이어 논
한 올의 실 가볍게 당기면
빙그레 웃는 하늘을 만납니다.

호적 정리

길 씨 아저씨
호적이 둘이다

태어난 곳에 있는지도 모르고
철없을 때 터 잡은 이곳에서
다시 호적을 만들었다

한 칠십 년 살고 나서
태어난 곳의 호적을 살리고
이곳 호적을 없앤다고
보증 서달란다

어찌 되었든
호적은 하나이어야겠기에
기꺼이 보증을 섰다

부모 얼굴도 모르고
태어난 곳 몰라도
한 장 종이 위 이름 찾아

서슴없이 고향 가는데

북쪽이 고향인
실향민 후손들은 어찌할까?
이 땅에는 정리해야 할
호적도 참 많다.

성게

자꾸 웅크리면
가시가 자란다
가시가 몸을 덮으니
가시만 보인다

바다가 밀어낸
성게 한 마리
넓은 모래밭을
가시로 지키자 한다

눈도 귀도 없는
밤송이 조개도
가슴 속에는
샛노란 알을 키우고 있다.

철사 바늘

단단한 철사
한쪽은 두드려서 귀를 만들고
한쪽은 갈아서 침을 만들었다

실 꿰어 자루도 만들고
이것저것 쓰기에
이만한 것 없다고

옆집 아저씨가
철사 바늘 선물했다

한번 쓰고 나면 바로 버리는 시대
이걸 쓸 날 있을까 했는데

몸도 노곤하고
마음도 너덜너덜해진 날

철사 바늘로 무얼 해야 할지
깊이 생각 중이다.

글인가 눈물인가?

그가 보낸 글 읽다가
가슴 먹먹해졌다

방광 적출 인공 방광
그 충격 벗어난 지 겨우 이 년
폐 수술 긴 터널에서
나오자마자 글을 보냈다

하루만큼 힘들어지는 몸에
하루만큼 살아갈 기운 보내기 위해
온몸으로 짜냈을 한 줄 또 한 줄의
병상 일기

꿈틀거린다
암이라는 손가락 집게에 맞서며
어두운 통로를
기어갔을 글자 벌레들

그것이 가슴에 닿으니

아주 천천히

눈물이 되었다.

싱겁다와 심심하다 사이

몸에 좋다고
싱겁게 먹으라 한다
평생을 간 맞춰 먹던 사람에게
싱겁게 먹기란 힘들다

장마철 복숭아가 싱겁다고들 한다
햇빛은 못 보고
물에 젖어 살았으니
싱겁게 되기까지
얼마나 힘들었을까?

자꾸 싱겁게 먹으면
심심해진다

심심할 날이 없는 아이들이
마당 가득 몰려와
소란하게 웃어 젖힐 만한 날

싱겁게 먹어서

이제부터 심심해질 사람이
혼자 걷는다.

쑥떡의 맛

한겨울에도 푸릇푸릇한 기운
씹을수록 깊어지는 맛

쑥밭 속에
웅크리고 있던 호박
단맛도 샘물로 고여 있다가
탁 터진다

야무진 콩알들이
속속들이 장전되었다가
이곳저곳에서 튀어나온다

씹을수록
우러나는 맛

들판이 두드리고
밭두렁이 주물럭거린
오만 가지 세상맛

고구마순 심기

고구마순을
모래땅에 꽂는다

뿌리도 없는 줄기
온몸으로 물기를 빨아들여
잎을 세우고 뿌리를 키워
불그레한 가슴을 키워 내라고
바싹 마른 밭고랑에
꽂아 넣는다

마른 땅에 터 잡고
볼 발그레한 아들딸 키워 낸
그 사람 하던 대로
고구마순 두어 단 풀어서

한 뼘 거리씩 종종걸음
걸어가게 했다
푸르디푸른 그리움
한 줄로 세워 놓았다.

부지깽이나물

성인봉 자락 아래
바닷냄새 나는
해산물 좌판 늘어선 마을

오징어 덕장에 매달려
꽃다운 나이 보냈다는 그 사람
부지깽이나물로 배 채웠다

바람 따라 날아왔는지
파도에 밀려왔는지
뭍으로 건너온 아낙네

덩달아 따라온 푸른 숨결들
울타리 아래 가득한 파도 소리로
부지깽이도 자리 잡았다

소금기로 절인 땅에서
꺾으면 다시 돋던 힘
단단히 뿌리내리고

사철 싱싱하게 살아가는
부지깽이 사람.

귀 없는 고양이

밤새워 싸우는 소리가 났고
이른 아침
귀 뜯긴 고양이가 마당에 왔다

전사의 모습이다
느릿한 발걸음
약간은 치켜든 고개
배가 불룩한 암고양이는
사료통 앞에서도 서둘지 않는다

물려받은 땅 지키자고
침입자와 처절하게
싸움하는 중

판세는 기울어졌는데
어쩌자고 도망가지 않고
피를 흘린다

한쪽 귀는 내줘도

새끼 살아갈 이 땅
뺏길 수 없다고
오늘 밤도 남은 귀를 걸고
치열한 전쟁을 치를 것이다.

그게 뭐라고

스물다섯 평 지하방을
채우고 있는 것들

까마득한 날
어디선가 부끄럽게 걸렸을
시화 몇 점
저게 뭐라고 지금도 있나?

첫 직장에서 월부로 샀을
낡고 냄새나는
오십 권짜리 문학 전집
저것도 뭐라고 아직도 있나?
새벽마다 나갔던 조기회
어쩌다 받은 트로피
아직도 번쩍거리며
선반 위를 차지하고 있다는 게
말이 되는가?

아버지가 쓰시던 등긁개

어머니가 닦았던 옹기 항아리
아이들이 가지고 놀던 레고 상자

언젠간 정리해야 할
켜켜이 쌓인 곳

이십오 평 지하방
그보다 깊은 가슴 속을 채우고 있는
덧없고 시시한 거
한 줌 거리도 안 되는
그게 뭐라고.

안마기

일단은 약하다
삼단은 너무 세다
늘 중간을 선택하였다

어깨를 두드리고
허리를 돌아다니다가
종아리에서 불꽃 마무리한다

말이 그렇다
너무 작으면 들리지 않고
세면 허공만 맴돈다

간절하게 두드리고
따뜻하게 보듬어 주어야
굳은 땅껍질 뚫고
씨앗 말
하나둘 움튼다

엉뚱한 곳 두드리면
마음이 멍든다.

4

산수유는 하늘을 물들이고

손 선풍기

저게 무슨 바람을 만들까?
앙증맞은 손 선풍기 안겼다

아주 약한 바람이 다가와
귓속으로 작은 소식 전했다

처음엔 손바닥만큼 시원 터니
차츰 마음이 시원해졌다
어깨에 매달려
부채질로 이마 땀 식혀 주던 아이

아버지에게
이 작은 바람 한 점 보내놓고
뭐라 뭐라 그러면서
혼자 웃고 있을
만년 여섯 살짜리 딸아이.

택배 보내고 싶은 날

농촌에서도
택배가 대세다

일 년 치 농산물도
거의 택배로 처리한다

이런저런 마음 나눌 지인들에게
주소 하나 불러 주면
손도 안 대고 마음을 전달한다

옥수수가 제철이라고
몇 군데 주소를 찾던 아내가
한구석에 웅크리고 있던
보따리 하나를 붙잡고 있다

삭제된 주소 밑의 이름 하나
뽀얀 옥수수 알만큼이나
반듯하게 살았던 언니
그립다 참 그립다

채우지 못한 자루 하나도
보내고 싶은 날이다.

전시실이 시원하다

시화전시실 혼자 지킨다
무더위에 방문객은 없고
에어컨 작동법이 서툰 죄로
땀만 쏟는다

미화원 아주머니가
그것도 모르냐고
전원 켜고 조절장치 누른다

시원해진 전시실
온 김에 시 보고 가시라니
짧은 시 한 편 읽고는
바로 나갔다

한나절 내내 전시실은
시원한 바람과
시로 가득했다.

병원 가는 길

휴게소에서
한 사람은 커피를 마시고
한 사람은 아무것도 먹지 못한다

지금의 바람은
그저 커피 한 잔을
나누어 마실 수 있는 것

서로가 눈치채고
손을 잡는다
소중한 날이 오늘뿐이랴
하루하루가 그런 날이라고

알아차리고
또 알아차리는 길.

고라니 언니

집안일보다
밭일을 좋아한다

잡초는 뽑는 게 아니라
돋기 전에 긁는다

이것저것으로 채우니
너른 밭이 가득 꽃밭이다
싹 틔울 땐 담요 덮고
바람 불면 하나하나 붙들어 맨다

해 질 녘 나오고
동트기 전 나오니
언제 밭일하는지도 모른다
고라니도 그렇다

새끼 딸린 고라니는
노루망도 뛰어넘는다
자식 돌보며

농사에 온 힘을 쓰는 그를
고라니 언니라 부른다.

싱거움과 친하기

싱거운 것 먹다가
심심한 것에 눈뜬다

심심한 그림이 먼저 떠올랐다
볏짚으로 지붕 덮고
이엉으로 마무리한 단순한 집
그 속에서 나눈
뜨겁지도 차갑지도 않은
미지근한 이야기들

싱거운 사람도 떠올랐다
크게 말하지 않는 사람
곁에 있어도 먼 데 있는
먼 데 있어도 곁에 있는
짜고 단 맛 다 빠져버렸지만
그저 그리운 사람.

참나무 그림자

흔하디흔한 나무
깊은 산 야산 가리지 않고
잎 펴고 열매 맺는 습성
쓰러져도 단단한 사내의 성깔은
보란 듯 되살아난다

아버지 부치던 다랑논
묵논의 한가운데 버티고 서서
장정 팔뚝의 가지를 흔든다
논두렁 넘나들며 억센 손 갈퀴질
뿌리로 논바닥 휘저어 놓으니
물달개비들 가득하다

애써 키우려 하지 않아도
계절에 맞춰 꽃 피는 논바닥
절버덕거리며 무논에서 하루를 놀던
그림자 사내는
평생 일구었던 꽃밭에서 쉬고 있다.

산수유는 하늘을 물들이고

가을 하늘을 물들인 붉은 열매
그것이 이른 봄
노란 꽃 가득 피우는 산수유였다

친구는 몸에 좋다 하고
나는 보기 좋다 하여
밭 한자리 심어 논지 오래전

친구는 하늘로 훌훌 떠났고
산수유는 저 혼자 피어
붉은 구슬 굴려댄다

침이 마르게 칭찬하던 친구여
몸에 좋은 열매는
하늘을 새콤한 맛으로
물들이고 있구나

너는 무슨 색깔로 스며들었는가?
사방으로 뻗친 가지마다 붉은 손짓
너 보란 듯 흔들고 있다.

무침회

밥으로 먹으려면
무침회가 제격이다
쌀 한 줌에 잡곡 나물 넣어 밥 짓듯
몇 절음 이런저런 회에
온갖 푸성귀 넣고
매운 고추장으로 무쳐냈다

무침회는 어우러져서 하나 되고
하나가 제각각이 되어
찬찬히 씹다 보면 살아나고
가끔은 제 성질 감출 줄 안다

두레 반에 둘러앉아
벌겋게 얼굴 달구던 식구들이야말로
초고추장 무침회였다.

행복수

집안에서 겨울난 행복수
마당에 옮겨 심자고 한다

가을에 다시 집안으로
옮겨야 하는 번거로움보다
환한 잎 신나게 키우게
걸어 나가게 하잔다

신선한 바람의 하루는
어두운 백날과도 맞먹는다

수천의 이파리들
제 빛깔로 반짝거리겠다고
가슴 속 나무들도 아우성이다

가지 끝에 다시 새 가지 내어
그 끝 보드라운 잎을 세울
꿈꾸는 나무들

모두 걸어 나가고 싶구나
나무도 행복해지고 싶구나.

그물 건조장

고기를 잡아대던 그물도
가끔 햇볕 아래서 말린다
촘촘한 그물코에는
고기들이 뱉어 논
비린내 진하게 배어 있어
신선한 바람에 씻어 내야 한다

오만가지 생각의 올로 만든
나의 그물도 말리고 싶다
너무 많은 물고기 몰려오면
물고기 지나가라
바람도 지나가라

그물 건조장에는
바닷속 냄새가 날아다니고
단단하게 붙잡고 있던 생각도
풀어지고 있다.

아로니아 나무

아로니아를 옮겨왔다
열매 따기가 힘들다고
시집 보낸 나무다

어찌나 정성스레 가꾸었는지
허투루 뻗은 가지 하나 없다
이 나무 심고 가꾸며
고운 열매는 자식에게 보냈던 사람

이젠 힘에 부친다고
한 그루 한 그루
시집을 보낸다
누구네 집에 가서도 귀염받고 살아라

단맛 쓴맛 떫은맛까지
고르게 품고 있을 알갱이들
볕 좋은 날 톡톡 튀어나오며
이런저런 얘기 들려주리라.

방석 소나무

마당에 자리 잡은
한 쌍의 푸른 방석에
털썩 앉아서 쉬고 싶다

어릴 땐 화분에서 자라다가
마당에 옮긴 지 수십 년이니
집안 안팎 사정 훤하고
오가는 동네 사람들과
허물없이 인사 나눴다

웃자라지 않게 손질해
키는 무릎 아래지만
당당하고 기운차다

올해도 가지를 다듬고
잎들 가지런히 세워
푸른 수 놓았다
일렁거리는 마음일랑은
편하게 내려놓으시라.

아까시나무

아까시나무는 저 혼자
이 많은 꽃송이를 매달고
자축연을 펼치는구나

평생을 가시와 싸우던
밭 주인이 떠난 지 오래
사납던 아까시 기운도
묵은 가지에서는 혼자 삭힌다

그렇게 복닥대던 가슴
이런저런 사람들 흩어지고
한쪽 묵정밭에서는
순한 가지마다 흰 꽃 만발하여
눈을 시리게 한다

오월이 되었구나.

가시 오가피나무

쌉싸름한 것이
단 것보다 한 수 위라는 걸
가르쳐 준 나무다

된장에 무쳐도 좋고
고추장에 버무려도 좋은
순하디순한 오가피 순이
잊히지 않는다

깊고 아득한 냄새
입안에 풀어놓으면
푸른 손바닥들이 받아 낸
이슬이 와르르 쏟아졌다

온 가족 나물 반찬 하나로
반짝거리는 날들

잊지 말라고
숨은 가시가
이곳저곳을 따끔거리게 한다.

호두나무

옆집 호두나무 가지가
담 넘어왔다
나지막이 덧붙인 지붕 위로
호두알 몇 개를 떨구어
안부를 물었다

손안에서 달그락거리던
두 알의 호두알
기름이 잘잘 흐르던
아버지의 애용품이었다

호두알들은 심심하다고
사람이 그립다고
지붕에서 달그락거린다

골목길에서 흩어지는 사람들도
심심한가?
발걸음 소리가 달그락거린다.

밤

별 좋은 날
아내와 밤을 줍는다

손도 못 댈 가시로 덮고
손톱으로는 벗길 수 없는 껍질

속내는 아리송하다
신맛 단맛 담지 못하고
그 맛이나 밥맛이나
싱겁디싱거운
너를 만났다

눈빛으로 가시 벗기고
손길로 익힌
한 톨 밤

이리 굴리고 저리 굴려 보아도
반은 당신이다.

감

풋감 때도 그렇게 떨어지더니
익어서도 떨어진다
바람이 불어서
그런가 했더니
난데없는 새들이 쪼아서
또 떨어진다

감 몇 개 남아서
빈집을 지킨다

어머니와 아들이 번갈아 쓸던
언제나 정갈했던 마당이
올해는 떨어진 감잎으로 덮였다

전사의 모습으로
버티고 선 감나무 위
이 가을 붉은 등 몇 개가
온 힘을 다하고 있다.

배

마당에 두 그루의 배나무
키는 작아도
주렁주렁 배가 달린다

한 그루는 내가 심고
한 그루는 친구가 심어 주었는데
품종이 다른가
배 맛도 다르다

한때는 배 맛을 안줏거리로
술 한 잔씩 나눴는데
친구는 떠나고
배는 저 혼자 익어 간다

어느 해는 달고
어느 해는 심심하구나
배 맛 속에 스며 있는
친구의 안부

매년 쓰고 가는 한 장의 편지
올해도 찬찬히 읽어 보았다.

대추

제사상에도
이 나무 대추가 오르곤 했다
알이 굵고 달아서
모두가 좋아했다

힘에 부쳐 밭을 내놓게 되니
밭둑의 대추나무도
덩달아 먼 걸음이 됐다

지나다니다 보면
대추나무가 고개를 흔들며
떼놓은 강아지마냥 쳐다보았다

밭고랑 덮었던
비늘들 걸려 있고
어느 날은 쟁기들이
가지를 휘어지게 하더니
시름시름 싸리나무 병이 들었다

둘러보면 앓고 있는 나무들 많다

그것들 기운 차리고

주렁주렁 열매 맺게 할 일

가지가 휘어지도록

이리저리 생각해 볼 일이다.

모과

모과가 붉은 등을 밝히고 있다

감자밭에 갔을 때 알아보았다
일등 농사꾼이라고

튼실하게 감자 키워 내고
콩은 콩대로
고구마도 잘도 가꿔 내던 사람

가을볕 한창인데 단감 따 나르고
붉디붉은 고추도 거둬야 하는데
병원 한번 다녀온다던 그가 쉬 오지 않는다

추수 끝나가는 늦가을 산 아래
돌보지 않아도 혼자 익을 줄 아는
모과만이 찬바람에 시린 얼굴로
모조리 붉은 등 밝히며 기다리고 있다.

5

대숲에서 보내는 편지

쑥대머리 생각

사철나무 사이를 뚫고 올라온
기막힌 얼굴 보았다

이리저리 뻗친 가지마다
금방이라도 터뜨릴 같은
수많은 씨앗을 달고 솟구친
쑥대 하나

어둠 속에서
단단하게 스크러브를 짜고 있는
힘센 가지 사이를 비집고 올라와

바람 부는 날 몸 크게 흔들며
보아라 빗겨지지 않은 천 개의 말
온 동네로 흩날리리라

보이지 않는 곳에서
자기만의 말을 만들고 있다가
비로소 나타난 얼굴이 있다.

반지하 방

조금은 어둡고
그러나 아늑한 이곳에서
얘기를 나눈다

다듬잇돌 박달나무 방망이는
단단했던 말의 힘이다

항아리마다 배어 있는 향기들이
곱게 삭아서 지난날 곱씹게 한다

귀향을 기다리던 처가 족보와
아릿한 냄새의 시집들이 내뿜는 숨소리

이제는 바깥세상으로
나갈 것 같지 않은 양수책상은 묵상 중

환함과 어둠이 겹치는
아늑하고 편해지는 시간

온갖 잡동사니들
불러 놓고 얘기 나누기엔
이곳이 딱 맞다.

생선구이집

불판 위에 놓인 생선들
오징어가 대세라고
가운데 앉으니
도루묵 가자미가 곁눈질한다

한때 주인행세 했던
명태는 코다리로 내려앉고
먼 데서 온 고등어 열갱이가
비집고 올라섰다

이런 아수라판이 싫다고
도치는 수족관에서 여유롭다.

해국

바위 위 한 점
먹물로 그린 해국은
가슴에 스며드는
한 점 눈물이어라

촉촉이 스며들어
바위를 적시고
가슴을 출렁이게 하더니

두둥실 푸른 얼굴
내밀었다.

흘리 학교

진부령 꼭대기에서도
몇 구비 더 오르면 해발 620m
산 아래 첫 마을

스키장과 리조트로 인기 있던 곳
동네 가운데 학교에는
아이들이 재잘거렸다

울긋불긋 스키복으로 채우던
슬로프가 멈추니
풀이 돋고 나무가 서고
언덕 위 학교는 문을 닫는다 한다

봄이면 푸른 채소밭 가득
모락모락 아지랑이가 피어올라
잠시 감추었다가 살아나던 마을

아지랑이로 사라지는 것
한둘일까 생각이 들다가도
보고 싶다 흘리 아이들.

눈 기다리기

한때는 눈 고장이라고 소문났지
대관령 한계령 미시령 진부령
허연 눈 털썩 주저앉으면
며칠씩 발이 묶이던 곳

설피 신고 넘어가던 산등성이
마른 가랑잎만 굴러다닌다고
연일 건조주의보에
산불 감시원들만 바쁘다

계곡에 눈 가득해야 풍년 들고
바다 고기도
눈 녹은 물 찾아온다고
마을 사람들 기다리는 눈

어디에선가 갈팡질팡하고 있나 봐
눈 고장이라 소문 난 영동에서
푸짐하게 내려라 눈 기다리다니
사람들 먼 산 위 바라보고 있다.

뿌리가 하는 일

산 위를 오르다가
큰 바위 만났는데
그게 갈라지고 부서진 거야

찬찬히 보니
바위틈 속으로 꿈틀거리며
무언가를 찾아가는
뿌리를 보았어

이 딱딱함
이 캄캄함을
맞닥뜨린 여린 손가락들이
파고 또 팠을 아득한 시간

드러나지 않는 힘
뿌리가 하는 일은
오로지 흙을 찾아가는 것이다.

동심 시인

어머니가 그리우면
맑은 송지호 가에서
찰랑대는 물결과 얘기 나눈다

어머니를 보내 드린 곳
수면 위 스치는 바람이
부드럽게 얼굴을 쓰다듬어 주면
금세 붉어지는 마음

석양에 물든 호수에
엄마 얼굴 그려 놓고
동심 시인의 얼굴엔
달 하나
페이스페인팅* 했다.

* 장은선 시인의 2024《강원일보》신춘문예 동시 당선작 제목

도치

흔하던 도치가
한 말 쌀값이라지만
먹어 본 사람들은 한겨울엔
그래도 도치를 찾는다

커다란 올챙이쯤으로
생각하고 돌아설 일 아니다
알 도치가 쏟아 내는
붉은 알이 한 양푼이고
데쳐 낸 숫도치의 꼬들꼬들함은
횟감으로 일품이다

무엇보다도 묵은 김치에
온갖 내장 넣어 볶은
두루치기 맛이라니
온 가족 둘러앉은 두레 반에
도치 알만큼이나 쏟아 내던 웃음판

푸짐한 웃음 둥둥 떠오르는 날
알만한 사람은 도치를 찾는다.

종아리

나이가 들면
종아리가 단단해야 한다
아래쪽이 버텨야
위가 흔들리지 않는다

허물어지는 모든 것은
아래가 부실하다
어지러운 생각도
처음을 찬찬히 두드려야 풀린다

뒤꿈치 들기로
종아리를 단단하게 할 일이다
갈 길은 멀고
풀어야 할 일 또한 끝이 없다.

장막 가락

트로트가 대세인 요즘에도
변치 않는 가락이 있다

조상 답 여남은 마지기 있던
장막재라는 골짜기
그곳은 아늑하고 샘터도 있었다
오래전 장막을 치고
고을 수령님이 신나게 놀았다는 얘기

요즘은 묵은 논에 개구리들만 신났다

마음 한구석에도 그런 곳 있다
누가 볼까 살짝 가리고
온갖 푸릇푸릇한 생각들로
얼굴 붉히는 곳

어찌하다 세월이 흘렀는데도
가슴 밖으로 내놓지 못하고
이 눈치 저 눈치로 커튼을 내린 곳

그곳에서 흘러나오는
참으로 변치 않는 가락이 있다.

흰 눈과 소나무

마을에 초상이 났다
혼자 사시다가
딱 하루 병원 신세 지고 가셨으니
누구는 복 받았다고 한다

자식 못 낳았다고
요즘엔 통하지도 않을 이유로
기죽어 사시던 때도 있었다

누구는 빈집이 되었다지만
마당에 서 있는 소나무 한 그루가
아니라 한다

흰 눈 가득 이고 고개 숙인 모습이
참으로 그러하다.

대숲에서 보내는 편지

부모님 잠드신 곳에 갔다가
지척의 대숲을 바라보다

크고 작은 죽순들
삐죽거리며
가득 음표를 그려 보낸 것이
첫 안부였다

만들어지고 부서지는
소리의 청량한 가락
얼굴에 스치면 서늘해지는 바람이
두 번째 기별이였다

땅속을 기어가던 뿌리가
툭 무엇을 건드렸을까
푸른 새 한 마리 날려 보내니
참으로 그립다
머무실 곳 이쯤일 테니
이 또한 대숲에서 보내는 편지로
받아 읽겠다.

가자미회

약으로 먹었다
넓적다리 골절일 때
낚시꾼 친구가 보내준 가자미회

동해에서 건져 올린
싱싱한 놈이니 뼈 붙는 데
도움 될 거라 했다

가자미 뼈회는 초고추장에 찍으면
고소함을 견줄 데 없다
물가자미 넉넉히 썰어 넣고
푸성귀와 버무린 무침회는
밥반찬으로 맞춤이다

잔잔한 파도를 몰고 와
몸속을 파고드는
수십 마리 가자미로 치료 중이다

가자미회가
머리부터 맑게 해주는 것은 몰랐다.

손으로 본다

눈으로 바라보다가
발로 찾아다니며 보다가
손으로 본다

파들파들 떨리는 손끝에
따스한 기운들
깊이 빨아들여 가슴에 가둔다

눈으로 본 것보다
발로 찾아다니며 본 것보다
더 큰 걸 본다
늦게까지 눈뜨고 있는 손.

영 너머간다

바닷가에서 평생 산 이웃들
영 너머갔다는 말 쓴다

오손도손 그물 손질하며
물질로 미역 따고 정 나누다가
이불 보따리 싣고
산 넘어 대처로 떠날 때 하던 말

이마 맞대고 무지개 꿈 그리며
몇 날 며칠 공들인 일 틀어질 때
허허 뒷짐 지고 돌아서며 뱉던 말

삭정이처럼 가벼워진 사람
이승 미련 훌훌 떨고 떠날 때

손 한번 잡아드리며
오만 가지 생각 빚어서
차마 드러내지 못한 말

진부령만 하랴 한계령만 하랴
하늘과 맞닿은 까마득한 영
훠이훠이 넘어가라
고비마다 쉬이 쉬이
영 너머가라.

산수유의 말

산수유가 말을 걸어왔다
마당 가운데 심어 놓고
보란 듯이 가꾸기도 했는데
새콤달콤한 것 피하는 동안
뜸해진 사이

인동꽃 넝쿨이 나무를 덮었고
그 속에서도
꽃 피고 열매 맺는 산수유의
오기를 보았다

손 묶이고 눈 가린 어둠 속에서
가슴 졸이며 봄 수채화 그려내길 몇 해
잎 사이 햇볕으로 빚어낸 열매
가을볕에 가만히 올려놓았다

오만 가지 생각으로 찾아온 발길
먼 길 다녀온 심정으로 맞으니
이리저리 참았던 말 전한다

자기는 하늘 붉게 물들일 테니
나는 뜨거운 마음으로
가슴 가득 물들이라 한다.

삼세기

입고 있는 옷이
거무튀튀하기도 하지만
몸매도 볼품없다 하여
돌아다보지도 않던 시절 있었다

갖은양념에 된장 풀어
푹 끓인 삼수기탕으로 살아나
인기몰이 된 물고기

세상에는 맛을 보아야
진국인 걸 알 수 있고
겪어봐야 친해지는 사람 있다

어판장에서 만난
삼세기 한 마리에 발길 멈춘다
고추 맛 매운 날들
바닷물처럼 짭조름하던 시절

바닷가 마을에 살던 이웃들 얼굴이
수족관 가득 떠올랐다.

| 해설

그냥 쓴 시 「산수유는 하늘을 물들이고」

김윤아(작가)

부모가 되고 난 후 가장 달라진 점에 대해, 지인은 '그냥'이라는 말이 좋아진 것이라 했다. 전에는 싫었단다. 그 모호함과 우유부단함이. 그런데 부모가 되고 나니 그만한 말이 없더란다. 그냥이라는 말로 감춰보는 그리움, 가려보는 애틋함, 덮어보는 농도와 덜어내는 무게, 에두르고 맴도는 모든 고백의 시….

「산수유는 하늘을 물들이고」는 그냥 쓴 시다. 세상의 모든 '그냥'을 알아챈 이의 표정이고 노래이며 혼잣말이자 편지, 그리고 춤이다.

티 나지 않게 내미는 손이 작은 발이 딛을 땅이 되고 길이 되는 것을 보고,

> 가끔은 당신이 두 손 내밀어 주는/꿈틀, 꿈틀거리는 길
>
> —「꿈틀거리는 길」

시련은 벌과 나비의 입맞춤으로, 상처는 잎망울이 터지는 찬란함으로 축하하며,

> 세상에 꽃 아닌 게 어디 있으리/지지 않는 잎 어디 있으리/사방이 따스하니/이 볕도 꽃이리
>
> —「가을」

쓸쓸하고 처량하고 변변찮은 모든 순간에 '가장' 불쌍하지 않게 곁에 있어준다. 시는 급한 위로를 건네지 않는다. 다만 위로가 되어준다.

> 잎이 부드러워서인가/꽃이 향기로워서인가/벌레 앉은 나뭇잎이/몸살이 났다/벌레의 눈으로/바라보지 못하니/하려는 말을 들을 수 없다.
>
> —「벌레의 말」

사는데 이유가 있던가, 사랑하니 이유가 되던가. 자식을 낳고 보니 매일이 못다 한 고백이고, 미안함이고, 안타까움이고, 이따금은 못난 흉을 누렸으리.

> 오징어를 밥처럼 먹었다 / 그것으로 학비를 만들어 주던 / 아버지는 밤샘 뱃멀미하다가 / 새벽에야 들어왔다 // 고추장에 버무려/한 사발씩 먹어대면/가슴이 벌겋게 달아오르며 / 기운이 났다 // 모두가 바이러스 때문에 / 꼼짝 못

> 하고 있을 때 / 바닷속 휘젓고 다니던 / 오징어가 돌아왔
> 다.
>
> —「오징어」

시인에게 세상은 자식과 같다. 말도 못 뗀 아이의 옹알이를 귀담아듣고, 서툰 표현은 헤아리고, 뒤뚱이는 걸음을 응원하며, 세상을 감싸고 시로써 감싸 안는다.

> 말은 할수록 벽이 되고 / 벽은 서로를 가로막고 서 있는 거 / 그저 낮은 벽 위에 핀 / 자그마한 꽃향기 한 줌 보내주는 거 / 그거면 된다.
>
> —「할 말이 없다」

'산수유는 하늘을 물들이고…'

하늘만 산수유를 물들일까. 작은 열매도 하늘을 물들인다. 또렷한 색깔과 선명한 향기로. 또르륵 냇물로 구르고, 토도독 부리에 쪼이면, 땅도 하늘도 산수유 천지가 된다.

오늘 하루도 누구 덕분에, 그냥저냥 살고 있다가 늦여름과 초가을 사이, 아직은 철 이른 산수유 열매를 따보았다. 처음이다. 신선하고 새콤하다가 쌉싸름해진다. 잘 모르겠다. 아직 알 수 없다. 여름에 가까운 9월, 잘 익은 가을 달 아래, 유난히 가물었던, 지난한 장마의 끄트머리, 신선한 바람이 감긴, 비에 흠뻑 씻긴, 성격 급한 새가 한

입 베어 문, 단 과즙이 흘러나온 산수유의 맛이 어찌 같으리.

시도, 산수유도 맛깔나게 설명하고 싶지만 여기까지가 내 삶의 계절이다. 산수유의 오묘한 맛도, 시의 풍부한 뜻도 헤아리기 이른 늦여름과 초가을 사이에 있다. 운이 좋다면, 언젠가 오래 끓여온 가슴에서 곱고 가벼운 거품만 '그냥' 건져 올릴 수 있을 때, 시를 제대로 읽을 수 있을까. 그맘때 산수유도 더 달아지길 바랄 뿐이다.